SV

# Zbigniew Herbert
# Gewitter Epilog

Gedichte

Aus dem Polnischen von
Henryk Bereska

Suhrkamp Verlag

Titel der polnischen Originalausgabe: *Epilog burzy*
Originalverlag: Wydawnictwo Dolnośląskie, Wrocław 1998

Erste Auflage 2000

Satz und Druck: MZ-Verlagsdruckerei GmbH, Memmingen
Printed in Germany

# Gewitter Epilog

# Großmutter

Meine allerheiligste großmutter
im langen enganliegenden kleid
hochgeschlossen
mit unzähligen
knöpfen
wie eine orchidee
ein archipel
ein sternbild

ich sitze auf ihrem schoß
und sie erzählt mir
das universum
von freitag
bis sonntag

ihr lauschend
erfahre ich alles –
was sie mir sagen will

nur ihre herkunft verrät sie mir nicht
großmutter Maria von Bałabany
Maria die Vielgeprüfte

erzählt nichts
vom gemetzel
vom gemetzel der Türken
an den Armeniern

sie gönnt mir
ein paar jährchen illusion

sie weiß ich werde heranwachsen
und selber erkennen
ohne zauberworte und tränen
des wortes
rauhe oberfläche
und urgrund

## Brevier

Herr,

dank sag ich Dir für diesen lebenskrempel, worin ich
ewiglich rettungslos versinke, unentwegt suchend nach
irgendeinem kleinkram.

Gelobt sei für die gaben – für knöpfe stecknadeln hosen-
träger brillen tintenströme für das allzeit gastfreundliche
papier heftklammern plastikhüllen mappen geduldig wartend.

Herr, dank sag ich Dir für all die spritzen mitsamt nadeln
dick oder hauchdünn, bandagen, heftpflaster, schmiegsame
kompressen, dank für den tropf, die mineralsalze und ganz
besonderen dank für all die schlaftabletten mit namen
wohllautend wie die der römernymphen

die gut sind, weil sie den tod erbitten, an ihn erinnern,
stellvertretend.

## Brevier

Herr,
leih mir die gabe, lange sätze zu bilden, deren
linie von atemzug zu atemzug sich spannt
wie hängebrücken, wie regenbogen, wie das alpha und omega
des ozeans
Herr,
leih mir kraft und geschick derer, die lange sätze bilden,
ausladend wie die eiche, geräumig wie ein weites tal,
damit in ihnen platz finden welten, weltenschatten,
welten aus dem traum
und damit der hauptsatz sicher über nebensätze herrscht
und ihren schwierigen doch klaren gang kontrolliert
wie der basso continuo ungerührt fortdauert über der elemente
lauf und diese anzieht wie der kern mittels unsichtbarer
schwerkraft die elektronen anzieht
um lange sätze also bete ich, sätze, in mühsal gefügt,
so weiträumig, daß jeder widerspiegeln kann
den dom, das große oratorium, das triptychon
und ebenso auch tiere,
mächtige und kleine, bahnhöfe, herzen, von wehmut
überquellend, felsige schluchten
und schicksalslinien der hand.

# Brevier

Herr,
hilf uns eine frucht erfinden
ein reines abbild der süße
dann die begegnung zweier ebenen
der abenddämmerung und des tagesanbruchs
hol aus den falten der meere
den baßton reiner tiefen
dazu ein mädchen
blind wie die vorsehung
ein mädchen das da singt – *belcanto*

## Brevier

Herr,
ich weiß meine tage sind gezählt
es bleiben nicht mehr viele
gerade so viele daß ich es schaffe
den sand zu raffen
mit dem bedeckt wird mein gesicht

ich schaffe es nicht
denen genugtuung zu geben
denen ich unrecht getan
noch mich bei denen zu entschuldigen
die ich gekränkt habe
darum traurig ist meine seele

mein leben
hätte einen kreis bilden sollen
sich schließen wie eine wohlkomponierte sonate
doch jetzt sehe ich deutlich
kurz vor dem schlußteil
abgerissene akkorde
falsch gewählte farben und worte
schrille dissonanzen
sprache des chaos

warum
war mein leben nicht
wie die kreise im wasser
der in unergründlichen tiefen
erwachende anfang der wächst
sich fügt zu trichtern stufen falten
um sanft zu sterben
an deinen unerforschlichen gestaden

# Dalida

Eine wichtige zutat
im leben des Herrn Cogito
bildeten die magazinbeilagen

dank ihrer
hatte für ihn
das leben berühmter schauspieler
fürstinnen
bauchtänzerinnen
keinerlei geheimnis

paar takte
einer melodie
und schon standen sie reihenweise da
die grausigen porträts
durchleuchtet vom strahl X

armselige kindheit
schwindelerregende karrieren
einsam gestorben
und nun gestrandet
auf einem friedhof von grammophonplatten
erheblich kleiner
als autofriedhöfe

dank ihnen
bestimme ich präzise
die daten meines lebens

beschirmt wird es
von Dalida
Halina Kunicka
Irena Santor
den guten feen

dank ihrer
ward die tyrannei
verschönt
durch schlager

ihnen geziemt
das wort danke
ein zärtlicher platz
im gedächtnis
ihre namen gemeinsam
auf der steinernen tafel
mühseligen daseins

## Ich gab mein Wort

Ich war sehr jung
und die vernunft riet mir
mein wort zu verweigern

ich konnte ruhig sagen
ich überschlafe es noch
es hat keine eile
das ist kein ultimatum

ich mach es nach dem abitur
nach dem armeedienst
nachdem ich mein haus gebaut habe

aber die zeit explodierte
es gab nicht mehr das vorher
es gab nicht mehr das nachher
im gleißenden jetzt
war die entscheidung fällig
also gab ich mein wort

wort – schlinge um den hals –
das endgültige wort

in seltenen momenten
wo alles ganz leicht wird
ganz durchsichtig
denke ich bei mir:
mein wort darauf
gern nähme ich mein wort zurück

das währt nur kurz
denn die weltachse quietscht
menschen landschaften ziehen vorbei
die bunten reifen der zeit
und das gegebene wort
bleibt mir im halse stecken

## Diana

Was kümmerts mich eigentlich
daß diese beine
einer echten prinzessin gehörten

der rest war
hypothetisch

was nützt es mir
daß diese beine
als sie noch
ein unvorstellbares ganzes
bildeten
mehr fürsorge erforderten
als das lächeln der Nofretete
als das muster
von zeit und raum
niedergelegt in Greenwich

## Zwei Propheten. Stimmprobe

Von der weißen tribüne
der betten kopfkissen decken
spreche ich in der bébé-sprache
zur menschheit (nicht der ganzen)
der rest der menschheit
lauscht – lauscht nicht – vergißt –

so begann die quelle zu sprudeln
die weiße quelle der heckenwinde
die drachenquelle des untergangs

zwei propheten – stimmprobe –

wahrhaftig wahrhaftig
nie wieder kehrst du zurück
zum lächelnden gesicht des apfels
zu den still lodernden weißen gärten
zu den fließenden weiten
o lauscht dem gewittergrummeln
dem gezerre in der garderobe

Rapallo republik des verrats
gelächter der dolche
stadt mit dem kopf einer ratte

## Sprache des Traums

Wenn ich schlafe
wie alle
ziehe ich vor morgengrauen
die uhr auf

auf weißem segelboot
versinke ich
vom weißen segelboot
spült mich die welle
ich suche schlüssel
ich töte den drachen
der da lacht
zünde die lampe an
schwätze und schwätze

ich vermute
alle träumen in bildern
aber ich erzähle mir
all die törichten geschichten
als schliefe ich
in einem erzählhügel

und so sollte
die traumsprache sein
eine sprache herrlich weitgreifend
hauchzart
wenn sie die grammatik verläßt
die grundlagen der phonetik
die sprache des hohns
eine sprache die ich nicht kenne

wenn ich an der schlafstelle
der katze schlafe
durchrieselt den körper
manchmal ein schauer
eine kollernde melodie
den ohren vernehmbar

dann
schließt sich
die sprache des traums
der ermüdung
nicht unterliegend

des süßen grauens
reine sprache

# Kant. Letzte Tage

Wahrlich – natur – das zeugt nicht gerade
von großmut
und bist du nicht großmütig
so bist du überflüssig

hättest ihm nicht gönnen können
einen raschen tod
so wie ein letztes kerzenflackern
wie das herabrutschen einer perücke
eine kurze fahrt des traurings
der rollt und rollt
und schließlich liegenbleibt
wie so ein toter skarabäus
– wozu also die schlimmen spielchen
mit dem greis
gedächtnisverlust
wirres erwachen
angst vor der nacht
hat nicht er gesagt
»schlechte träume meiden«
er der auf dem kopfe einen gletscher trägt
und statt der taschenuhr – einen vulkan

das zeugt wahrhaftig vom schlechten geschmack
einem der sich in geisterstunde übt
aufzutragen – plötzlich –
gespenst zu sein

## Das Ende

Fortan werde ich auf keinem
gruppenfoto zu sehen sein (stolzer beweis
meines todes in allen literaturblättern der welt)
wenn einer sagt – seht, das ist Zbyszek –
und mit dem finger auf einen mann zeigt
der mit dem koffer kämpft – aber das bin nicht ich
das ist ein anderer aus einer anderen branche
es gibt mich nicht nein völlige leere
auch wenn ich meinen willen darauf konzentrierte
könnte ich selbst beim blitzlicht keinen augenblick
erstehn also gibt es mich nicht
schluß
bin so tyrannisch weg als wäre ich wie einer
den eben noch die gunst des führers schützte
plötzlich ein volksfeind

## Blumen

Blumen riesensträuße blumen gebracht aus dem garten
farbenprächtige blumen rot blaßblau und lila
den bienen weggenommen vergeuden sie ihre düfte
in wächserner zimmerstille am eingang zum winter

für wen diese gaben diese überreichen gaben für wen
erschlaffender leib gestöber fallende blütenblätter
himmel von kalkigem weiß durchbohrt stille des hauses
nebelschwaden ziehn über felder schiffe fahren davon

## Auf den Jungen den die Polizei tötete

So viele schlaflose nächte so viele
windeln lawinen von waschpulver
so viele paare unterwäsche spritzen küsse
auf den warmen hintern
        so viele klapse
so viele hoffnungen die vielen verweinten augen
und plötzlich all das zermalmt unterm stiefel
wie zigarettenstummel als sie angriffen
und immer noch
        noch schwebt gesang
über dem ort über dem das körnchen leere herumirrt
        über dem körnchen des nichts

## Die letzte Attacke. Für Mikołaj

Laß mich zuerst mein freudiges staunen äußern
daß wir nun beide unsre kompanien anführen
verschiedene uniformen verschiedene kommandos
doch ein gemeinsames ziel: überleben

du sagst also hör mal – wir lassen wohl am besten
unsre jungs heimziehn zu Margot und Kasia
der krieg macht nur auf paraden einen schönen eindruck
das übrige kennen wir – dreck blut
und ratten

während du das sagst geht ein mächtiges artilleriefeuer
auf uns nieder der schurke Parkinson hat so lange gewartet
bis er uns erwischte als wir lässig vor uns hintrotteten
die kragen aufgeknöpft die hände in den taschen
in gedanken im urlaub nun macht Parkinson uns plötzlich klar
der krieg ist noch nicht aus ist noch nicht zu ende
dieser verdammte krieg

# Der Pfahl

ich weiß nicht gegen wen (teufel noch mal)
wozu das trommelfeuer dieser erneute überfall
schwerer artillerie da jeder zentimeter luft
und jeder fußbreit erde verwüstet umgepflügt
bereits beim letzten angriff eingeebnet wurde
wozu die schmerzensfurie und falls es signal sein soll
und schmerz ist ein signal an den stab gesandt
da alle flohen verlierend die zerstörungsorder
wozu also die paroxysmen kalte schwächeschauer
unter dem tiefen dunklen himmel
das geheul des gepfählten

## Herr Cogito und das Kleine Tierchen

Es ist unbekannt ob irgend jemand seinen zoologischen oder persönlichen namen kennt von dem was da ganz unten, im tiefsten grund, außerhalb der reichweite des sehenden auges vegetiert. Es ist etwas ganz kleines, das da zwischen existenz und absenz schwebt, winzig, klitzeklein wie das bruchstückchen eines druckbuchstabens, bruchteil eines komma, eine winzigkeit von bleirest aus dem druckkasten.

Ich schlage die winterlektüre auf und da hockt das Ganz Kleine Tierchen reglos auf einer seite, macht sich aber alsbald auf den weg, schnell wie ein rennpferd, rast mit lichtgeschwindigkeit vorwärts das Ganz Kleine Tierchen (das blind ist).

In dieser saison (vielleicht der letzten meines lebens) war alles wie sonst. Das Ganz Kleine Tierchen vergnügte mich und erwärmte mein schwarzes herz, ich beschloß, das buch meinen freunden in London zu schicken. Ich packte es ein und schickte es ab. Mitsamt dem Tierchen.

Was macht es wohl während der langen seereise, an lektüre hat es keinen mangel, es ißt ja nicht viel, aber was denkt es wohl von mir, seinem alten gefährten, der es verraten hat.

# Herr Cogito und die derzeitige Position seiner Seele

Seit einiger zeit
trägt Herr Cogito
seine seele
auf der schulter

das bedeutet
einsatzbereitschaft

die plazierung der seele
auf der schulter
ist eine delikate operation
sie sollte ablaufen
ohne hektische eile
wie wir sie
aus dem krieg
aus den evakuierungen
belagerter städte kennen

die seele nimmt gern
verschiedene gestalten an
jetzt ist sie ein fels

sie treibt ihre krallen
in die linke schulter des Herrn Cogito
und wartet

kann sein sie verläßt
den körper des Herrn Cogito
im schlaf

oder der abschied bei tageslicht
bei vollem bewußtsein
kurz wie der knall
eines zersprungenen spiegels

vorerst aber
sitzt sie auf der schulter
abflugbereit

# Herr Cogito. Ars longa

für Krzysztof Karasek

1.

Aufgeblasene manifeste
bürgerkriege
kampagnen
schlachten
verursachten Herrn Cogito
langeweile

in jeder generation
kreuzen leute auf mit einem starrsinn
der einer besseren sache würdig wäre
bestrebt die poesie aus den krallen
des alltags zu reißen

schon in jungen jahren
gehören sie zum orden
der Allerheiligsten Subtilität
und Himmelfahrt

sie bemühen gehirn und körper
um auszudrücken das was

außer –
das was
über – – –

und sie ahnen nicht einmal
welche verheißungen
welche schönheiten
und überraschungen
jene sprache in sich birgt
die alle sprechen
scherge und Horaz

2.

Herr Cogito
nahm einst teil
am »Festival der Dichtung
beider Hemisphären«

ort der handlung: Jugoslawien
nahe dem Ohridsee
an der Struga

zu beiden ufern saßen
an die 30tausend
liebhaber der poesie

der pariser poet
Le Bon Mot
geriet vor glück
fast aus dem häuschen
(daheim lauschten ihm
lediglich die gattin und
der terrorisierte nachwuchs)

asketen
geißler
anachoreten
reiner poesie
sielten sich
in der fülle
lechzender seelen

nach sonnenuntergang
ging die knallerei los
feuerwerk am himmel
ein neuer balkankrieg
so schien es

am nächsten morgen
fischte man aus dem fluß
vier männer ein weib
einen säugling

zahllose leere flaschen
ein scheunentor
ein klavierbein
eine herrenlose prothese
eine kette cirka 20 meter lang

3.

und dazu spielte
das quartett der familie Wunderlich

vater Hansi – violoncello wie ein buchhalter
mutter Trude – buchhaltung für blech und violine
söhnchen Rudi – allseitig begabtes kerlchen
die natürliche tochter von opa Wunderlich
ergo Hansis schwester
Rudis tochter
und süßes grauen weckend –
die schrille
Maria Chaos

# Pica pica L.

Vom frühen frühling
bis zum spätherbst
fliegt morgens
am fenster
meines schlafzimmers
eine elster vorbei

in annalen
chroniken
genealogischen tafeln
*Pica pica* genannt
aus dem geschlecht
der kondottiere
blutrünstig und verschlagen

lassen wir uns nicht täuschen
von der reinheit der farben
dem saftigen himmelslaub
dem makellosen weiß des schnees

nur ihr gesang
gesang der klapperschlange
enthüllt ihren wahren charakter
der mörderin von säuglingen

man müßte die begeisterung
zügeln
warnen
anprangern
sie in acht und bann tun
ihr die wolke des entzückens nehmen
mit dem sie das verbrechen verhüllt
und zögern läßt
leichtfertige seelen

was also soll man tun
was tun

– ha
ich weiß was ich tun werde

ich dinge
den priester Jan Twardowski
den sänger des heimischen geflügels
als Exorzisten der Natur
für besondere fälle

wenn der priester
jäh aus dem schattigen
beichtstuhl der schonung tritt
trifft den vogel vor schreck
womöglich der schlag

im übrigen kann dem priester
ein bißchen bewegung
in der frischen luft
nur guttun

# Lied

dem andenken von Zbigniew
»Bynio« Kuźmiak

Wieder schneeregen – der da webt
am großen webstuhl des frühen winters
kette von bauernwagen in kiefernkisten
gefallene fahrn wir ins waldesdickicht

der nebel sei ihr totentuch
ihr licht des rauhreifs scharfe funken
unser gedächtnis hält die wacht
und ewiges dunkel für sie lodert

wieder schneeregen und dunkler wind
von öden ebenen dürren disteln
es füllt die welt vermehrt die welt
der wind von sternen und von gletschern

## Es kam in den Sinn

An einem
wintermorgen
kam es Herrn Cogito in den sinn
blieb stecken
mitten im kopf
wollte sich nicht rühren
nicht nach rechts
nicht nach links

es war groß
keuchte
hatte den geruch
eines briefträgers
eines dürftigen geheimnisses

wüßte
Herr Cogito wenigstens
was es wollte

der kontakt
war gleich null
Herr Cogito wagte nicht zu fragen
»verzeihung aber worum geht's«

er rang
mit der schweigenden reglosigkeit

das dauerte
unerträglich lange

eine situation unbehaglich
geradezu demütigend
denn je länger es
mitten im kopf
steckte
desto stärker unterlag es
der verwandlung
aus dem eindringling
wurde ein gast
untermieter
mitinhaber
des kopfes

es blieb
und blieb
und blieb weiter
unnachgiebig
verbissen

zum glück
erkrankte Herr Cogito
an einer lungenentzündung
das fieber entfachte einen brand
das kopfinnere verbrannte
mitsamt dem dingsda
das an einem wintermorgen
ihm in den sinn gekommen war
und mitten im kopf
steckenblieb

jetzt
ist Herr Cogito
vorsichtig geworden

überprüft
aufs gründlichste
türen fenster und schlösser
ja selbst die schornsteinausgänge
und sogar die ausgänge der vorstellungskraft

## Etwas im Kopf haben

Umgangssprachlich
heißt etwas im kopf haben
festlegung
auf einen unbewegten gegenstand

etwas im kopf haben
könnte man bildlich darstellen
als einen wuchtigen kerl
in einer pelzjoppe
der auftaucht inmitten
überaus bewegter gegenstände
dampft wie ein pferd
der blick undurchdringlich
stark wie eine eiche
leicht kommt einem etwas in den kopf
ein momentchen unaufmerksamkeit genügt
aber es herausschaffen ist schwieriger
geht einem nicht aus dem kopf
groß tölpisch die mütze knüllend
keucht es wie ein stall voller hengste
– man weiß nicht wie ihn ansprechen
Herr soundso wäre zu vornehm
mach schon freundchen – zu intim

also steht er und steht er im kopf
riesig und apathisch
ein mittleres erdbeben wäre wünschenswert
sagen wir 4 bis 6 auf der richterskala
aber das herrliche wetter spielt nicht mit
er steht da wie ein fels
gefühl fataler indolenz
der kerl geht mir
nicht aus dem kopf

## Lyrische Zone

Blick auf park und mauer im vorabendlicht
wie bei Corot – zitronenschale wangenhaut gepudert
die luft goldhaltig und kein geflüster vernehmbar
keine gedämpften rufe kein drücken verschwitzter hände
kein galoppieren
nur die seele wird zum schmerzlich zarten spinnweb
und schwebt in der luft wie das lächeln der Gioconda
wie das lächeln etruskischer mädchen

das lächeln der Sphinx

# Schachspiel

Das mit höchster spannung
erwartete
turnier des menschen
besondere kennzeichen:
messer zwischen den zähnen
gegen das automatenmonster
besondere kennzeichen: olympische ruhe
endete mit dem sieg
des drachens

vergebens
die ausgereiften poeme
in Andalusiens gärten
der emporkömmling
Deep Blue
macht sich auf feldern breit
aus Harlekins gewändern genäht
und der spottende ignorant
gespickt mit sämtlichen
eröffnungen angriffszügen
verteidigungen
und dem freudigen
Halali über dem leichnam
des gegners

so geht das königsspiel
in die herrschaft
der automaten über

man muß sie nachts stehlen
aus dem gefangenenlager

wenn der verstand schläft
erwachen die maschinen

es gilt neu zu beginnen
die wanderung in richtung phantasie

## Das Telephon

Nachts
reichlich nach mitternacht
schellt das telephon

durch unglaubliches verhau
von draht und nebel
kämpft sich Thomas Merton durch
ein mönch dem ich einiges verdanke
klingelt so leise
daß selbst meine
wachsame katze Schu-Schu
nicht aufschaut
schläft eingekuschelt
in meinen alten skipullover

»wie schön
daß ihr euch meiner noch erinnert
zu lebzeiten kam es zu keinem treffen
jetzt können wir
alles bereden«

fragen müßte ich ihn
woran er arbeitet

aber mein kopf ist leer
die zunge lahm
das hirn abgeschaltet

»Und wie schaut's bei euch aus?«
fragt der trappistenmönch

»die augen schmerzen
wohl netzhautentzündung
wir lesen zuviel
meditieren zuwenig
gegen augenschmerzen
hilft kamillensud«

so blieben wir bei kamille hängen
haine voller kamille
schonungen voller eisenkraut
lichtungen voller belladonna

mich verschlingt
das unendliche
von Schwarzen Löchern durchsetzt
philosophie der dritten morgenstunde
philosophie des katzenjammers
ergo New Age

philosophie
des linken beins
mit einem wort – draufgespuckt

das nächste mal
lese ich ein grundlegendes werk
über die philosophie
des sehr Fernen Ostens

ein schwacher hüter
des nichts bin ich
nie im leben
ist es mir gelungen
eine anständige abstraktion
zustande zu bringen

# Thomas

Seiner Eminenz
dem priester Józef Życinski

Da hielt man den spieß an den leib
da genau
und stieß zu
und dies das andenken
schreit in allen sprachen des fischs –
– das wundmal –

das gesicht gesammelt
die stirn zerfurcht
das blaue licht der frühe
mürrisch und kalt

den zeigefinger von Thomas
führt von oben
des Meisters hand

also sind zweifel erlaubt
einverstanden mit fragen
also ist Leonardos
zerfurchte stirn
doch etwas wert

## In einer Stadt

In einer östlichen stadt für mich unerreichbar
gibt es gewaltig und leicht einen geflügelten stein
in diesen beschwingten stein schlagen blitze ein

in meiner fernen stadt für mich ohne wiederkehr
schmeckt das wasser nahrhaft und schwer
reicht dir jemand davon einen becher – dessen blick
besagt – es gibt für dich noch ein zurück

in meiner stadt vermerkt auf keiner karte der welt
gibt es ein brot das lebenslang nähren kann
schwarz wie das schicksal des herumirrenden
wie stein wasser brot und die türme die das frühlicht hält

# Das Hohe Schloß

für Leszek Elektorowicz
in unverbrüchlicher freundschaft

1.

Als auszeichnung
der ausflug
zum Hohen Schloß

bevor wir
den aufgang erreichen
straßenbahnfahrt
großes konzert
für eisenzeug
gegossen
geschmiedet
angebetet

bratschenton der schienen
oboen
im dichten gras
der konfusion

in den kurven
erglüht die straßenbahn
in ekstase

auf dem dach
ein komet
mit lila schweif

eiferndes gekreisch
roten blechs
heiseren blechs
triumphierenden blechs

in scheiben sich spiegelnd
die verstummte stadt Lemberg
stiller
bleicher
kerzenleuchter
der tränen

2.

das Hohe Schloß
schamhaft versteckt seinen fuß
unter die decke

aus haselholz
wolfsbeere
brennessel

jungwald der kupplerinnen

im weißen
verschwitzten blüschen
legt sie den arm
um einen tätowierten anker

3.

wir kürzen ab
über einen weg reißend
gleich einem sturzbach

hier wurden gehängt
Józef und Teofil
weil sie zu glühend
die freiheit begehrten

»ob euch das kindergeschrei
nicht nervt
die rufe der mütter
die heiseren stimmen der verkäufer«

möge jeder
das seine tun

uns aber tragen sie
bald
auf abendlichen flügeln
aprikosenhaften
apfelhaften
bläulich geränderten
flügeln

in ein anderes
noch höheres
schloß

# Ala hat eine Katze. Verteidigung des Analphabetismus

Herr Cogito zog aus der kenntnis
daß Ala eine katze habe
viel zu weit gehende schlüsse

berechtigt die erworbene kenntnis
zur verkündung von urteilen
zur gründung von schulen des guten geschmacks
zur begutachtung der projekte für wiederherstellung
der menschheit
nach dem vorbild
des komischen Auguste Comte

wäre es nicht besser
das wohlfeil erworbene wissen
aufzugeben
und sich an die weisheit
der alten goralen der bergbewohner
zu halten die da meinen
es gäbe gar keinen richtigen
fortschritt

das bedeutete
einen anstieg der arbeitslosigkeit
eine große anzahl unbeschäftigter
mundhöhlen
und die klare einsicht
daß jede philosophie
überflüssig sei
ja nachgerade schädlich

# Artur

. . . also singe ich nicht mehr das lied über Felek Stankiewicz
und nicht mehr das regimentslied vom roten mohn
also bist du von uns gegangen Artur im strengen winter
von der schlacht keine spur keine spur vom mohn

also bist du dorthin gegangen Artur wo die andern hingehn
mit deinem soldatenschritt und gestraffter brust
und nur noch das echo das untröstliche echo
irrt über die saiten wie ein verirrter Engel

und jetzt – zum lachen – singst du im engelschor
verborgen im unfaßlichen lichtglanz in großer helligkeit
singst du während ich das fenster öffne den tee aufsetze

ja Julia
Artur

## Was kann ich noch für Sie tun

Eine menge
das fenster öffnen
das kopfkissen zurechtrücken
den kalten tee wegschütten

»das ist alles«
»alles«
viel
und zugleich wenig

man muß das nämlich
sorgfältig tun
mit umsicht
das fenster für den ganzen frühling öffnen
den kopf zurechtlegen nach der form des kissens

kaum auszudenken
was anrichten kann
das von der kette gelassene lesen

schule des schreibens
die sich nicht mit der feststellung begnügt
alles sei aus wasser

oder aus feuer
und kein druckerzeugnis
geschärft mit dem federschnabel
in den mappen

und so entstehen
Gott sei's geklagt
stets neue
traktate
urkunden
widerrufe
scheiterhaufen

## Die Zeit

So lebe ich in verschiedenen zeiten, wie ein insekt
im bernstein,
reglos, also zeitlos, denn regungslos sind meine glieder
und ich werfe keinen schatten auf die wände, ganz in der höhl
reglos wie im bernstein, also nicht existent;
so lebe ich in verschiedenen zeiten, reglos, doch
ausgestattet mit bewegung
denn ich lebe im raum und gehöre ihm an
und aller raum leiht mir seine ergreifende vergängliche form;
so lebe ich in verschiedenen zeiten, nicht existent
schmerzlich reglos und schmerzlich beweglich, und ich weiß
wahrlich nicht, was mir gegeben ist und was mir
genommen
für immer

## Herr Cogito. Lektion in Schönschrift

Nur einmal im leben
gelang es Herrn Cogito
die höhen der meisterschaft zu erklimmen

in der ersten klasse
der hl.-Antonius-schule
vor siebzig jahren
in Lemberg

wettstreit in schönschrift
Herr Cogito der sieger

am schönsten schrieb er
den buchstaben b

erlangte verdienterweise
den lorbeer Petrarcas für
den buchstaben b

das kunstwerk
leider verschlang
der sturmwind der geschichte

zerstörte
für immer
den erhabenen turm
und das renaissancebäuchlein
b

der edle wettstreit
vollzog sich unter den blicken
der polnischlehrerin
(ihr name im paß: Bombowa)

hüterin des intellekts
des Herrn Cogito

der sturmwind der geschichte
verschlang restlos
den erhabenen turm
und das renaissancebäuchlein
b

und wegen chronischer zerstreuung
auch frau Bombowa

sie entschlüpfte
in die mythologie
seitdem lebt sie

und regiert königlich
Herrn Cogito
und den verwaisten buchstaben
b

## Bauchnabel

Dies der rührendste ort die stätte des körpers
neun monate lang blinder fernstecher in die welt
endlich im letzten moment kam die feuerwehr
jäher schnitt
        und schon ist's allein zur liebe verurteilt
verlängerung der liebe und freundschaft und dienst
für Conrad ein kreuzchen aus brot
die worte des marschalls vom siegel vom staat – von der stadt
alles dreht sich im kreis
das rad der geschichte zermalmt alles
er allein bleibt treu
zum bauchnabel gerollt stickerei des körpers
bauchnabel zopfende

# Augenblick

O augenblick in des firmaments innern ist alles eingeschlossen
gestalt klang und farbe leicht verschossen
da ist nur noch ein rosenblatt am rande bereits rostend

süßer müßiggang nicht frage man im dämmer
Boräus formt die wolken Zirrus den rest
schwarzer und weißer Norwind und schwerer gewissensbiß

# Das Alter

All das wußte ich schon bedeutend früher
daher logisch knüpften sich die fäden
also besser
katze Schu-Schu kuschelt wie eh und je
zwischen wade und schenkel
der gleiche traum: mäusejagd
eroberung des mäuseturms
andenken brauche ich keine
wirklichkeit dreht sich langsam
in den adern vor geschlossenen augen
ich weiß er hat verraten
nicht nötig das thema auszuschlachten
da sich ja alles wiederholt

jetzt ist es besser
bin nicht mehr neugierig

## Tohuwabohu

für Jerzy Siwiec

Vor der abreise
ein tohuwabohu

papiere gegenstände
alles fliegt durcheinander

als ahnten sie
daß sie mit dem abflug
des Herrn Cogito
das gravitationsfeld verlieren

unbezahlte rechnungen
die per handschlag aufgenommenen
und nicht bezahlten schulden
die ungeschriebenen gedichte
verträge ohne zukunft
liebesgeschichten farblos
die nichtgetrunkenen biere
all das fliegt durch
Herrn Cogitos kopf
das durcheinander wächst

was wird das bloß
wenn es nicht gelingt
die elemente zu bändigen

man kann doch die abreise
in die ferien
nicht auf den St. Nimmerleinstag
aufschieben

also eines tages
oder eines nachts
wenn das alles aufhört
lehnt Herr Cogito
sich bequem in die kissen
deckt die kalten knie
mit einem plaid zu
und gelangt zu der einsicht
daß all das so weitergehen wird
wie vor den ferien
sicherlich schlechter
als zu lebzeiten
des Herrn Cogito
aber immerhin geht es weiter

# Herrn Cogitos jenseitige Welten

nicht alles läuft
meint Herr Cogito
nach der perspektive dieser welt

diese welt
ist eigentlich die jenseitige
das sind so scherze der relativitätstheorie
was hier ist
ist dort
das jenseits
hier

also geht nicht alles
den rechten gang

hat Herr Cogito
nicht geduldig erklärt
man dürfe kein abkommen
mit dem übeltäter
unterzeichnen
noch dürfe man erwarten
daß gute absichten
positive folgen zeitigen

und tausend andere
allgemeine empfehlungen
und ihre detaillierten anwendungen

also souffliert er nach wie vor
den herrschern dieser welt
seine guten ratschläge

und wie stets
und wie immer
folgenlos

# Porträt vom Jahrhundertende

Von drogen verwüstet erwürgt von der abgase schal
zum lohenden stern verbrannt verglüht die Supernova
dreier abende – chaos begehren qual
betritt das trampolin fängt von neuem an

zwerglein unserer zeit sternchen verkohlter abende
künstler mit bocksfuß der den demiurgen verhöhnt
jahrmarktapokalypse o fürst der mondsüchtigen
verbirg dein haßgesicht

solange noch zeit ist rufe das wasserbad das lamm
möge der echte stern aufgehn Mozarts *Lacrimoso*
rufe den wahren stern das hundertblättrige land
die epiphanie beginne offen ist die Neue Karte

## Zärtlichkeit

Was zärtlichkeit fang ich am ende mit dir an
zärtlichkeit zu den vögeln menschen steinen
schlafen magst du im augengrund in der hand
dort ist dein platz dort weckt dich keiner

du verdirbst alles kehrst die dinge um
machst aus der tragödie einen schundroman
der ideen hochgemuten höhenflug
verwandelst du in stöhnen pathetische membran

beschreiben das heißt töten das ist ja dein amt
sitzen im dunkel im leeren kühlen raum
alleine sitzen während der verstand ruhig raunt
im marmorauge nebel und übers gesicht tropfen rinnen

# Der Kopf

Durch einen ozean blutiger blättersäulen
in die zeit der erneuerung schreitet Theseus
in der geballten faust hochhaltend die trophäe
den skalpierten kopf von Minotaurus

Des sieges bitterkeit der eulenschrei
den tagesanbruch mißt mit kupfermaß
damit des süßen scheiterns warmen atem
er bis ans ende spürt im nacken

# Inhalt